Do Rufus ♥

A' chiad fhoillseachadh sa Bheurla 2005 le Walker Books Earranta
87 Vauxhall Walk, Lunnain SE11 5HJ

Air fhoillseachadh sa Bheurla 2013
2 4 6 8 10 9 7 5 3 1

www.walkerbooks.com

A' chiad fhoillseachadh sa Ghàidhlig 2013 le Acair Earranta
Acair Earranta, 7 Sràid Sheumais, Steòrnabhagh, Eilean Leòdhais HS1 2QN

info@acairbooks.com
www.acairbooks.com

An tionndadh Gàidhlig Doileag NicLeòid
An dealbhachadh sa Ghàidhlig Mairead Anna NicLeòid

Tha Acair a' faighinn taic bho Bhòrd na Gàidhlig.

Fhuair Urras Leabhraichean na h-Alba taic airgid bho Bhòrd na Gàidhlig
le foillseachadh nan leabhraichean Gàidhlig *Bookbug*.

Gheibhear clàr catalog CIP airson an leabhair seo ann an Leabharlann Bhreatainn.

Clò-bhuailte ann an Sìona

LAGE/ISBN 978-0-86152-535-5

M' eudail air an iasg!

Lucy Cousins

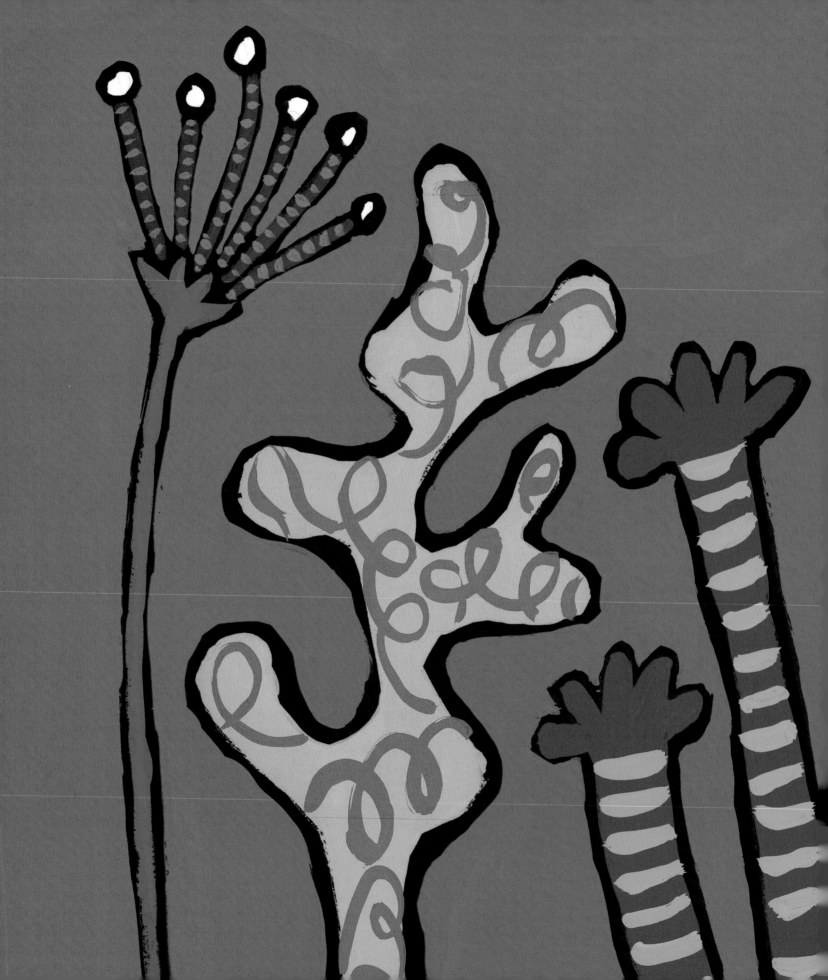

Halò, is mise iasg beag
a' snàmh anns a' mhuir.
Trobhad còmhla riumsa
is chì thu èisg
de gach seòrsa.

Sin sibh èisg, tha sibh ann,

Iasg
dearg,
gorm

is buidhe

Halò, iasg spotach,

Iasg srianach

Iasg dòigheil

Iasg greannach

Cia mheud a chì thu?

Halò,
Iasg mòr ailbheanach

Iasg beag
sligeanach

Halò,
Iasg molach

Iasg eagalach

Iasg an t-sùil

Iasg cho diùid

Iasg nan Sgiath

Iasg nan sgòth

Halò,
iasg mòr cruinn
agus iasg
fada caol

Halò, èisg an

dà iteig

Cuaileanach dualanach

Lùibeanach cuibhleanach

A mhionach
os a chionn,

Cruinn, cruinn, cruinn

Mòran, mòran
charaidean,

Mòran,
mòran
mòran
èisg,

Splois, splais, splios

Ach càite a bheil
an t-iasg as
fheàrr leam fhèin,
Nas fheàrr na càch
gu lèir?

Halò, Mamaidh
Halò, èisg
bhig.

Pòg, pòg, pòg,
M' eudail air
an iasg òg!